ユーモア川柳乱魚セレクション

太田紀伊子 編

新葉館出版

序文

今川乱魚さんの三回忌に、生前の恩返しとして東都川柳長屋連で発行されている『ながや』の中から、乱魚さんの作品と随想をまとめて発行されるという。

その序文を依頼され、私も生前の乱魚さんから日川協のあとを頼まれているだけに快く引き受けることにした。

そして作品と随想を読んでみて流石だと思った。

とくに随想の標題がとてもおもしろい。「手抜き講座」「美男になった話」「手話で〝川柳〟は」「憧れの救急車」などなどは〝逆説の妙〟又は〝反転のおかしさ〟とも言える表現がある。

ここに乱魚さんのユーモアが存在するとも言える。

とにかく全日本川柳協会会長として亡くなる直前まで癌と闘いながら（あえてこう言わせて貰う）がんばっていただいた。どちらかと言えば、一人でその責任を背負って来られたとも言える。

そして『ながや』といういかにも東京らしい集いの作品集の中から一冊の書として発刊されたことは、これからを依頼された私としても感謝でいっぱいである。

「東都川柳長屋連」の店子の皆さんを見てもすばらしい顔ぶれであり、この伝統の味わいをぜひ今後とも引き継いでいって欲しいものである。

改めて「東都川柳長屋連」の発展と、今回の出版のお祝いを心から申し上げます。

平成二十四年一月佳日

社団法人 全日本川柳協会会長

大野　風柳

乱魚さんを想う

今川乱魚さんが「川柳ながや」に推薦入居したのは平成三年八月二十七日の長屋創立四十五周年、白井花戦、西村在我さんの月番で拓銀市ヶ谷クラブでの開催の時であった。

東都川柳長屋連は本来、定数二十四戸という決まりがあり、三戸の空家があった。八月二十七日の入居は今川乱魚、鈴木国松さんの二人、続いてNHK学園から十一月に大木俊秀さんを迎えることが出来、二十四戸で空き家がなくなり、ようやく新しい風と共に句集第二十五集を発行することが出来た。

乱魚さんは当時、東葛川柳会を興し目覚ましい活躍をしている事は知っていたが、直接的なお付き合いはなかった。長屋入居以来その足跡を知って、やはり凄い才能の持ち主である事を知った。平成十二年、全日本川柳東京二〇〇〇年大会においては、公の方面の手続き等に日川協副理事長としてその手腕を見せてくれた。大会実行副委員長を任せられた私もその手腕に敬服、そして次々とユーモア川柳の執筆をしていたが、ユーモア川柳とは裏腹に病魔に襲われていたのであった。大手術後、私に話してくれた言葉は「内臓が二キロほど積んであるのを見たが、お腹が軽くなったよ」であった。いつも温和な人当たり、そんな状態の中で蔭のない明るいユーモアを詠み続ける内心の強さ、川柳の持つ魔力のようなものが宿っていたように思う。最後まで弱気も愚痴も、あの柔和な顔からは聞く事はなかった。川柳と闘い、川柳に生きた余生に心から称賛を送りたい。またこの長屋句集から採った素晴らしい句は、きっと後世の方々への手引きとなり、川柳の魅力を再認識してくれるものと思う。乱魚さんの病と闘うユーモア川柳、誰がこの真似を出来る事であろうか。そして長屋以外に出版された数々のユーモア川柳も、きっとユーモアの何たるかを教えてくれる事であろう。最後に、「ながや」からの抽出句集を手掛けた太田紀伊子さんに謝意を表したい。

平成二十四年一月十三日

東都川柳長屋連 大家

田中八洲志

乱魚さんの涙

乱魚さんのことは、これまでにもいろいろなところで書かせていただいた。このたび珠玉の作品群に接し、畏敬と羨望の念が渦を巻くように、あらためて私の中に湧き立ってきた。「ユーモア」ということばの源を私は勝手に「ヒューマン」と決め込んでいる。また、「名句の条件」の第一に私は「ハッとさせられる句」を挙げる。乱魚川柳の真骨頂は、サラリと詠んでハッとさせるヒューマン句にあると思っている。レトリックの巧みさはもちろんだが、見つけの鋭い川柳眼に脱帽してしまう。

かつて、番傘川柳本社が「あなたの得意とする分野の川柳は、意の川柳か、知の川柳か、情の川柳か」というアンケートを同人に出したことがある。集計結果は、圧倒的に「情の川柳」だった。いま乱魚川柳を展望して思うのは、この三つのグループにまんべんなく作品が散りばめられていることだ。ユーモア川柳といっても、知の笑いはウイット、情の笑いはユーモアだ。裏打ちにペーソスがあると、味はいっそう深まる。

一句を挙げよと言われたら、私はためらわず、「採血採尿涙は誰も採りに来ぬ」を推す。ご他界を、川柳教室の生徒さんにお知らせしたとき、この句を必ず読み上げた。でも、一度として満足に披露できなかった。「サイケツサイニョウ」まではいい。しかし、結語に近づくにつれてどう抑えようとしても涙声になってしまうのだった。涙が目頭にたまることもあった。それは、今に至っても長く尾を引く。悲痛、壮絶、孤独、諦観――ガンの奴め！　巻末近くに収められている「ながや句集・第31集」の闘病句は、ことさらに胸を打つ。

奥様を、人間を、酒を、そして川柳を愛された乱魚さん。時に飄々と、時に鋭利に俊敏に、句を作り文を綴り弁舌をふるい、全日本川柳協会会長として、旺盛な責任感と使命感をもって、川柳界を精力的に牽引された乱魚さん。

「仏さまにお供えして」という言葉が好きだと、「初老の付き合い」の中で書かれているが、ここに拙い文をお供えして、あらためてご冥福をお祈り申し上げたい。

平成二十四年二月六日

ＮＨＫ学園川柳講座編集主幹
大木　俊秀

ユーモア川柳乱魚セレクション　目次

第一章

愛すとは

妻の居る方を磁石も向きたがり
茶の服がはやる景気が案じられ

「川柳ながや句集」第24集
平成2年10月発行

届かざる思いに鳩尾が痛む
我が芯の辺り一気に老化する
巨人勝ち騒がるる日を楽しまず

「川柳ながや句集」第25集
平成4年11月発行

メモにした十に一つも言い切れず

人は皆涼しく言葉空しき日

雨降れば屋根濡るる如思い切る

筆を折る君が楽しまざればなり

今日よりは極楽トンボ廃業す

花火鳴る夜を他人になり急ぐ

楽しまぬ人を笑わすのに疲れ

初めてのメーデーと聞き来た日比谷
トーキーの音の出どこを不思議がり
喪のあとに慶事が続く二重橋
本当の利口はうしろから走る
総務課のあたりから吹く不況風
煙の輪吹かせて返事まだくれず
一二厘高い金利へ預け替え

連結のガチャガチャガチャと長い貨車

ブロックへ前衛二人息が合い

定型の美に冒険がしたくなり

何もかも変えたいという怖い妻

変わり身の早い狸のしゃがれ声

晩い夏心変わりは五分と五分

もしもーし混線しているらしき声

言われればここは淑女の来るところ
表札をまるで忘れていた新居
新築の頃は美しかった妻
嫁が来ぬうちは村にも春が来ぬ
片言をつなげ異国の旅終わる
鍬の刃も春までたたぬ北の国
噴水の噴き出る型で凍りつき

生き甲斐は仕事だなどと突然死

何にでも効く仁丹を持ち歩き

よく出来る奴の隣へゆく受験

ゼスチャーでつじつま合わす英会話

よく出来る子には私立の金も出し

どきりとする話けろっと言いに来る

酒ばかり飲んで相談みな忘れ

相談に来た子の涙拭いてやり
社を辞める誕生月に降ろす旗
三角の旗壁に止め行動派
思惑で女を窓口に配す
東京を一皮むけばよそよそし
裏面つなげればほんとの顔が浮く
値上げした当座は暇な運転手

浄財に限ればろくに集まらず

野性美をきたえるジムがよくはやり

親方に釘の甘さをどやされる

触れたものすべてが子らの知恵となり

寝たきりで入れる風呂の値をたずね

外遊で使った英語言って見よ

甚六が芝居となると口を出し

若い街らしい妊婦によく出会う
人知れず君子豹変いたさねば
難関を越えて取り出す缶ビール
憂鬱の鬱ひらがなで書いておき
クインには会えぬカードを切り直す
美しい嘘病名を伏せておく
高い金出しホステスの嘘を聞き

残り飯炒飯にして核家族

梅干しがあれば何にもいらぬめし

おまんまを粗末にさせている平和

米粒が光るいい朝だと信じ

手抜き講座

ここ何年か、私は地元で月に三日、各二時間の川柳講座を持っている。このほか東葛川柳会でも毎月句会の前に川柳教室を行っているし、ときには公民館などでの講演を頼まれることもある。

参加者すべてが初心者であることもあるし、ときには私よりも川柳歴の長いベテランが混じっていることもある。前者では何を話してもそうぼろを出すこともないが、後者ではあまりいい加減なことはいえない。

私はかつて、どうしたら講座でうまく話したり、間をもたすことができるかということを、職場の先輩に尋ねたことがある。そこで学んだことを実際にやってみると、まんざら役に立たないこともないことが分かった。

その一は、黒板を使うことである。そういえば、学校には必ず黒板がある。あれは要点を書いて生徒の理解を深めるためばかりと思っていたが、そればかりではなく、先生の教える内容を引き延ばす働きがあることに気づいた。しゃべってから黒板に書く。つまり、同じ内容を二倍の時間をかけて教えるわけである。その分だけ内容を薄め、時間を稼ぎ、知識を二倍に高く売ることができるというわけである。困るのは、つまらないことを書いても何でもメモをとる人がいることである。

その二は、真面目な話であるが、要点を三つに絞るということである。どんな話でも構わないから、ともかく最初に「大事なことが三つある」と自信をもっていい切るのである。二つではもの足りないし、四つでは多すぎる。三つに意義があるのは、五七五の定型が大事なのと同じである。話によっては苦しい場合もあるが、おおむねいかにも整理がついた話のように聞こえるから不思議である。

この二つに、私は三つめを加えることにしている。自分に答えられないことは、出席者、特にベテランの人に質問を投げかえすことである。川柳教室では何でもお答えする、ということにせざるをえないが、現実には答えられない問題も出てくる。そんなときには、回答者から司会者に素早く身をかわす。「会場においでの○○先生はどのようにお考えになりますか」とやる。答えてくれればよし、もし答えられなければ、ましてや若輩の私には答えられないという。「勉強してきてこの次にお答えします」ということにしている。

ここで大事なのは、参加者に「逃げたな」と思わせずに、「精いっぱいやっている」と思ってもらうことである。

以上の三つを実行して、私はさまざまな講座を何とか無事に乗り切ってきた。しかし、その後でいつも感じることは、聴衆を引きつけることができるとすれば、それはここで述べた私の姑息なテクニックではなく、川柳自体の限りなき魅力であるということである。

美男になった話

少々自慢たらしい話で恐縮であるが、川柳の振興と関わりがなくもないのでお許しを得たいと思う。

私は、この平成四年五月に、地元の文化振興会から「ヌーベル文化賞」なるものを頂いた。もう一人の受賞者は、日本一汚いといわれる手賀沼の美化運動を長年続けてきた人であった。私の場合は、東葛地域での川柳普及が地域の文化振興に貢献したとの理由であった。東葛地域というのは、松戸、柏、我孫子、野田、流山市を含む人口一三〇万人の地域である。

受賞式には、地元市長や教育長も出席、私にとってはいささか面はゆい舞台であった。主催者は、受賞者は過去四年すべて夫妻で出席願っているので、今回も同様にして欲しい、という。ところが、家内は今まで川柳の会合には一度も顔を出したことがないし、今さら嫌だという。でも私だけが一人では、妻に逃げられたのではないかと思われかねない、などといって、無理やり出てもらった。

当日は、この東都川柳長屋連店子の大先輩・渡邊蓮夫氏がご出席くださり、過分のお祝辞を頂いた。式では受賞者が記念講演を行う慣わしになっており、私は「川柳は心の叫び」と題して、自由で平和な社会の持続が川柳発展のもっとも大事な基盤であると述べた。

ところで、この賞の副賞としては三十万円が頂けるとのことであった。外野からは、早速一杯やろうとか、お前は何に使うのか、いった話があとを断たない。そこで私は、講演の中で「副賞の行方は妻に聞いて欲しい」とやった。家内からは、あとで「私がみんなとってしまうようで人聞きが悪い」と文句をいわれたが、会場は大爆笑であった。

受賞の話をすると、職場でも理事長をはじめたくさんの人からお祝いの言葉を頂いたが、中には口の悪いのがいて、「お前のいる地域は文化の水準が低いから、川柳の普及ぐらいで文化賞をくれるんだよ」という。私もけちをつけられては黙っていられないとばかり、「地方版だけど、朝、毎、読、産経と書いてくれたのだから、多少は文化的価値を認めてくれたのではないか」というと、「その辺はろくなニュースがないんじゃないのか」とくる。

何とか一矢報いたいと思っているうちに、極めつきの話が舞い込んだ。「ふるさと柏」というタウン誌からのインタビュー記事の話である。ホテルでの取材に、私は川柳がいかに素晴らしい文芸であるか、という話を二時間にわたって吹き込んだ。

終わってから、どんな具合にまとめるのかと尋ねて驚いた。なんと「美男対談」という頁に載せるというのである。アイデアマンだとか、今までいろいろお世辞らしきものもいわれぬでもなかったが、「美男」というのは晴天の霹靂である。美男にはある程度それらしき物差しがある。その物差しからすれば、私はもっとも遠い存在であると、自他ともに認めている。こんな話を聞いただけで、むかつく人も出てくるのではないか。

私はくだんの口の悪い仲間を思い出して、「美男として活字になったことがあるか」と聞いてみた。そんな機会がそうあるはずはない。答えはノーであった。私はおもむろに「美男対談」の話を持ち出した。これには彼もさすがに「これはもういかんわ」と口をつぐんだ。私はいっぺんに溜飲を下げた思いがした。

気をよくした私は、今度は家内に聞いてみた。「美男と結婚できて幸せだろう」と。彼女は平然としていったものである。「私もいよいよ面食いということになるんでしょうかね」。この話はこの辺でよした方が、人も自分も傷がつかないでよさそうである。

「川柳ながや句集」第26集
平成6年11月発行

◆

プレゼント包む心は既に君を抱き
洋梨の線も女もコケティッシュ
二番目に逢いたい人は手紙にて
バター塗るタッチで恋を仕上げよう
鞭の五十百は覚悟の逃避行
スパゲッティーA女の線は切れたかも

オムライス崩して恋は振り出しに

死に体の恋には酒を吹きかけよ

抱き締めた記憶を第二関節に

きつね火か鬼火か二つ戯れ合いて

半分も話を聞かぬ早合点

いくさ止むのちも機雷の浮かぶ海

次の世の地球を思い木を植える

髪植えてこれから男何をする
創立の日によく喋る創業者
猛るだけ牛猛らせて闘牛士
プロポーズされそうになり席を替え
口笛を吹いてて金を返さない
震度5にゆっくりしなうのっぽビル
白い欝妻に掃除機洗濯機

門限のない青春がある都会

大きかったなあ青春の忘れもの

正論を吐いて一言居士さびし

利き腕をセーター少し長く編む

五六輌かき分けて来た食堂車

果たしえぬ女甲乙丙といて

生涯に一人の妻を守り来て

破魔矢背に差して神社をはしごする
年金で暮らし金利にさとくなり
女史の声が男社会をしんとさせ
大物の出入りを見張るカメラ陣
封をする投書マニアの満足度
怒りの投書切手を逆に貼ってくる
聞いているだけの会議に出す代理

右に耳だけは聞いてるふりをする

スーパーのおかずで飼っておく夫

神が手を抜いた顔だと見る鏡

勝ち越しを決め関取がよく喋る

天皇の機嫌を聞いたことがない

鉛筆の倒れた方に歩き出し

天皇賞陛下の年の枠を買い

誕生日かと暗証を当てられる
賛成をしてもよいかと妻を見る
躊躇なくとかげが切ったとかげの尾
ブランドのハットが目立つ草むしり
連絡係というつまらない役をくれ
鍵を置く場所を連絡する夫婦
つむじ曲がり意外なときに金を出し

いったんはノーと言わねば気がすまぬ
少年の頃の癖でふらりと汽車に乗る
葉脈に思い出の子がいる栞
脈はなし視線は石の庭を向く
脈絡もなく東京の土を這う
刺し込んできた胃へ席を譲られる
ジーパンは腹が凹んだらはこう

豪邸のチラシの上で爪を切り
すぐやる課仕事は少し荒っぽい
刺激的されど都会は情がなし
名刺出してから話が弾み出し
歓談をさせ裏方は跳び回り
ネクタイは男の鮮度かも知れぬ
税収が減り棚上げの青写真

二百日花と寝起きをした新種

銀行の休む日心から休む

腹の字が読める早さの飛行船

十字切る順も覚えて来た聖夜

十キロを減らすペダルに汗が噴き

A女とは切れてB女に会いに行く

またの名を単細胞と呼ばれてる

今日逢って次のデートがもう待たれ

バツ一を勲章にして翔んでいる

子を甘えさせる躾の根くらべ

不戦勝残った方もものたりず

ごった煮を見るふるさとを見る目つき

速記手につかず騒然たる議場

恐竜の骨よカオスの大陸よ

散らかした絵の具箱から湧く構図

底意地の悪そうなのもいる羅漢

砂かぶりきれいどころも写される

帽子の絵書いて紳士の化粧室

罪は罪少年法に涙あり

明日はどうなろうと口を開けて寝る

口にさえ入れれば米にこだわらず

曇りのち晴れの天気と信じ切り

ブラックホール人の知恵など知れている

春の穴ナチュラリストをかがませる

方言として腹の立つ標準語

ロボットの言葉がいやにかん高い

営業に回り秀才あごを出し

骨太き秀才たれと野に放つ

秀才を遠巻きにして女たち

秀才はめったに風呂に入らない

東京で陳情団が丸められ

柿盗って逃げた少年期の鼓動

蓄えができると雨がもり始め

秘書と手を組んで危い橋渡る

妻曰く私は秘書でありません

手話で「川柳」は

（社）全日本川柳協会の日川協通信59号（平成二年二月十二日）によれば、日川協が公式に使用する川柳用語をいろいろと決めている。それによれば、天、地、人、特選は「秀句」と統一し、投句は「出句」といわねばならない。

中でも抵抗を感じたのは、川柳人、川柳作家、川柳家などの呼び方は「柳人」とする、という点であった。私は決めるに当たっては、理由をきちんと示すべきであるとの意見を述べたが、まだご返事は頂いていない。

歌人、俳人という呼び方があるのだから「柳人」という呼び方をしてもいいじゃないか、というのが理由らしきものだと仄聞しているが、どうも釈然としない。歌にも俳にもそれらしき意味があるが、「川柳」はもともと人の名前であるから、それを略して「柳人」としてみても、普通の人が植物のヤナギ以外のイメージをもってくれるとは考えられない。柳樽の略とみてくれる人はまだよい方で、なまじ落語を知っている人には柳橋一門とみられかねない。

私としては、四月に「教科書に川柳を掲載する運動」のプロジェクトチームで、川柳関係者以外の人に出す要望書や趣意書を起案したが、その時も「柳人」とは書かずに「川柳人」と書くことにした。

ところでこの話、まったく別な角度から考えるチャンスがやってきた。手話で「川柳」をどう表現するか、ということなのである。手話の資格をもってボランティアをしているOさんに意地悪く質問してみた。

次の機会に勉強をしてきて教えてくれたのが、俳句と短歌と川柳の違いである。まず俳句。これは左手で短冊を持つ形をして、右手の人差し指を筆に見立てて、さらさらと（もちろん音は聞こえない）短冊に書く。これで俳句と通じるそうである。

次が短歌。これは俳句と同じ動作をしたあとか前に、歌うことを意味する動作をつけ加えるのである。それは口元から外に向かって手のひらを開いていく仕草である。

要するに、俳句も短歌（和歌）も歌を書く、あるいは歌を歌うという動作が手話の表現の中に取り込まれている。

では「川柳」はどう表現するか。これは「川」と「柳」の文字を別々に表すということが分かった。「川」は右の中三本の指を出して上から下におろし、「川」の字を書くのである。そして「柳」は、右の手の五本指をだらりとさせて、掌のつけ根に幹を意味する左手の人差し指をつっかえ棒するのである。何となく「柳」の木に見える。

私はこの「川柳」の手話表現が気に入って、講演の中で話したり、隠し芸を指名された時の余興に使っている。

話を「柳人」に戻そう。川柳村に住んでいる人は「柳」で「川柳」の縮小型と思うかもしれないが、一般の人は「柳」から「川柳」を連想することはできない。手話でも「川」と「柳」の両方を表現しなければ通じないのである。「川人」も「柳人」も一般に通用しないとすれば、やはり元に戻してせめて「川柳人」ぐらいにせざるを得まい。

第二章

生きるとは

いい土に還ろううまいもの食って
音百景ごはんのできる音がよい
ロマンスに縁なき衆生タコを食い
牛舌を千切る永久歯を磨く
ホヤという貝よ男の臭みして
映像に見る雨雲はおいしそう

❖

「川柳ながや句集」第27集
平成8年12月発行

人肌の酒とことんうまが合う

腹のへる音が聞こえる聴診器

爪の色今日は大ジョッキでいこう

食い物の列には前へ前へ出る

いつからか妻の涙を見ていない

元の目に戻り画商が出る画廊

画廊出た余韻の中で切るメロン

幸せを掴む十指が小さ過ぎ

複製の名画盗るなら盗ってよし

四十肩翼のつけ根からうずき

被災地へ行ける翼が見つからぬ

昼を抜け妻にはいえぬ人と逢う

蟹誘う女の二つ返事聞く

にんにくは控えめにとるフェミニスト

真っ白いハンカチを出すフェミニスト

フェミニスト豹変酔えば妻を打つ

たて髪をふりライオンが見得を切る

リーダーはひとりになったときに泣く

リーダーの肩から風が動き出す

ひとしきり鳴き合い烏寝に帰る

人生は学歴だけでないという

せんべいの残りを出して慰める
殴り役消えて慰め役が来る
気取っても所詮財布が知っている
席順を乱すと村の目がとがる
軍配の房にいささか気取りあり
太陽のある落書きは許そうか
キャスターの正義派ぶりが鼻につき

グーテンモルゲン黒パンに唾が飛ぶ

タマゴパン箸が転げてさえおかし

撃鉄をカチャリとゲリラ電話中

青春を死ぬほど悩ませたにきび

深爪は情けの深さかも知れぬ

未完成の野心カバンに持ち歩き

白地図に野心を黒く塗ってゆく

足踏んだ美女にはどうもなどという
貝殻は男の耳の化石かも
ふるさとに戻った耳をよく洗う
カップルが立つとカップルが来て座り
グラマーの臍出しルック臍がない
風もバラ色にグラマーまどろます
コバルトの青さに負けて妻にする

利休ねずみという怪しげな色好む

北風が鬼の袋に詰めてある

特急を乗り継ぎ母に見せる孫

燗がつくまでを貧乏ゆすりする

本を読む隣へヘッドホンが来る

ゆとり出る頃関節が痛み出し

トロあわび連れの女は遠慮せず

手締めまで運び幹事はほっとする
粋筋の手締め姐御の声透る
手締めする頃には下戸が消えている
納会の手締め泣いても笑っても
父はただウンとうなずくさようなら
フランス語らしい恋しているらしい
だめなものだめと財布を握ってる

勘定をもつのはいつも男はん

割箸の袋をためる安い趣味

割箸を噛んで色紙に絵をそえる

割箸で拾えば骨も抗議する

曲がってる切手に腹の虫怒る

バイキング端から食べて食べ過ぎる

元旦の日課に遺書を書き換える

目次から読み出しすぐに眠くなり

角と角合わせて朝の床を上げ

返信のハガキにうんをいわされる

過ちを認めてくれぬ養育費

今喫えば辛いラッキーストライク

人間をよすまで酒はやめられぬ

勘定を払う頃にはドロンする

千日手今や逃げるに逃げられず

眠そうなハンドルにガム食べさせる

ハンドルを握ればいえるバカヤロー

団体ツアー古びた靴を履いて行く

足に合った靴を未来へとっておく

教育によくない本を読んでいる

年収を聞けば言葉の端にごす

超ミニの子がいる店を教えない
燃え殻が肩書だけは手放さず
古希傘寿身幅に合った殻をつけ
都心まで歩ける距離に家を持ち
絶妙なあだ名がひとり歩きする
村の目が新住民に突き刺さる
ガード下大衆的な音がする

だしの取り方には一家言を持ち

ご実家の家柄なんぞ聞いてない

アルゼンチンタンゴで返すもんじゃ焼

あっち向けホイとタンゴは小気味よい

憧れの救急車に

サイレンを鳴らしながら他の車を制して進む救急車に一度は乗ってみたい、という憧れをもっていた。それが今年(平成八年)七月、突如実現した。

近所のK病院から印旛沼の見えるN医大付属病院までの小一時間、救急車の担架に運ばれて乗せられた。憧れの車は、天井や両サイドに無数の薬品類や救助器具が備えられている。どこを走っているかも分からないし、乗り心地はさほどよいとはいえないことが分かった。

ところで、今回の入院理由の多くは川柳に関わるものであった、と思える。五、六月は大阪、熊本などの遠出もあり、休息をとるべき休日は、定例の句会や講座でびっしり。ウイークデーの夜も、選句や原稿書きなどで深夜に及ぶことが少なくなかった。頂いた雑誌や句集の礼状書きも意外に多いものであった。

しかし、こんな表の理由で病気になったとは思えない。本音をいえば、句会のあとの飲み会や晩酌のほうに大方の責めがある。飲み会の効用は大いに認めるものであるが、身体には負担になっていたようだ。五、六月には何度か腹痛を感じ、職場のクリニックから痛み止めの薬をもらってごまかしていた。

ごまかしのきかない痛みで飛び込んだのが前述のK病院。院長からは即時入院、帰宅はまかりならんと宣告された。

その夜は身体を折るほどの激痛と四十度の高熱に襲われた。肝臓、腎臓、すい臓、肺、それに六年前に直腸を手術したときから石がびっしり詰まっているといわれてきた胆のう、すべてが急性で悪化しているという。

やがて腹痛は薄れたが、腎臓機能の回復には人工透析(血液を洗って老廃物を取り去る)が不可欠とあって、救急車による転院となった次第である。

少しよくなってみると、院内には未経験の乗り物が二つあった。車イスと歩行器である。車イスには五百ccの点滴の袋を騎馬武者の旗印のように提げてこぐ。どうも重いと思いながらこいでいたら、向こうから来た車イスの外国人がウインクで知らせてくれた。ストッパー(止め金)をつけたままこいでいたのである。

歩行器は夢のあるリハビリ器具である。目線が高くなっているので視野が広くなる。両腕を水平に伸ばせば、このまま空を飛べそうな気もする。人類は四つん這いから立ち上がることによって初めて両手を開放し、道具の開発と脳の進化をもたらした。私も歩行器により再び「エレクトス」(立って歩く)に戻れることになった。

さて、人間の身体はうまくできている。吸い口二杯(二四〇cc)の水を飲んだあと、しびんの尿の量を読むと約二五〇ccある。それでも入院以来、一カ月で十キロ以上痩せた。退院してからの服のサイズが心配になる。

さまざまな治療や塩分七グラムのまずい食事に耐えてきた結果、急性で悪化したいろいろな機能はほぼ元に復した。普通ならこれで退院に向かうところであるが、今回はこれからが一仕事である。

抱えているバクダン、胆のうの手術がある。命には別状ないとはいうものの、切ればまた一カ月は動けない。職場や川柳界の皆さんにご迷惑をおかけするのは心苦しいし、自分自身も早く川柳にカムバックしたい。不精ひげも早く剃ってしまいたい、という今の心境だ。

(平成八年七月二十八日)

「川柳ながや句集」第28集
平成10年12月発行

❖

口寂しい犬だな靴をくわえてる
しのび笑いして税金のつかぬ金
一糸まとわず入湯税払う
求愛という赤恥を何度かく
恋に満ち足りたるときの爪楊枝
ストリップ小屋でかかっていた曲だ

スカンクよ君はヒトより正直だ
人前で化粧しているのは猫か
馬の顔して読んでいるタブロイド
餓死率が一番高い文学者
見送ってから強がりを悔いている
鼓動二つほかは万物音もなし
代表として香典を託される

窓のない部屋で思考を止めている

妻の客もう一回りする散歩

逆算をすれば激しく燃えた日よ

うしろにぼーっと立っているのが夫です

年寄りの一対一は何もせず

二人きりになれば気取っていられない

日々飢えた十代がある脳の底

愛の昂ぶるとき百舌が猛々し
零三つつく年ローン終わりたし
千冊の本に心の借りがある
バンザイをしてもグラスは放さない
万歳で足りず三本締めもする
椅子とりゲームの椅子に座ったことがない
五か国語話す社長のカバン持ち

論戦の咬みつくとこを知りつくし

香典の相場を便利屋にたずね

引出しをいっぱいもっているおでこ

夏が終わったら銀行を訪ねよう

水色のペンを真夏の筆立てに

小噺の思い出

ＮＨＫテレビにタレントが母校で課外授業を教える番組がある。そこで落語の桂三枝師匠が、小学生の子供たちに小噺を実演させる場面があった。小噺だから短いに決まっているが、いざやってみると間とか振りがなかなか難しいことが分かる。甲と乙の会話をうまく演じ分けないと、今どちらが喋っているのかが分からなくなるからだ。

そのときの小噺は雷と番頭との会話であった。実はこの噺、二十二、三年に、東京みなと番傘川柳会の句会に出席された桂枝太郎師匠からお聞きしたことがあった。「みなさんも小噺を一つ覚えておくと便利ですよ」と師匠は始められた。

あるとき、お日さまとお月さまと雷さまがいっしょに旅をして宿屋に泊まりました。あくる朝起きると、お日さまとお月さまの姿が見えないので、雷さまが番頭さんに尋ねました。

番頭「お二人は今朝早くおたちになりました」。

雷「月日のたつのは早いなぁ」。

番頭「ところで、雷さまはいつおたちになりますか」。

雷「わたしは夕だちですよ」。

　確かこんな筋だった。いうまでもなく、この小噺の面白さは、出発の「発つ」と月日の「経つ」を同音異義語として使っているところにある。

　当時、枝太郎師匠は番傘川柳本社の同人で洒脱な句を作っておられた。暇ができるとよく句会にも顔を出された。そして、噺家としての芸の上では新作落語で人気を得ておられた。

　私がお会いしたのは、みなと会での席が初めてであったが、戦後しばらくのあいだ、師匠は常磐線の北小金（松戸市）に住んでおられた。疎開であったかどうかは知らないが、まだ中学生だった息子さんは私の弟と同級であったから、家でもときどき学校での話題が出た。のちに師匠にそのことを申し上げると、戦後は食糧事情が悪くて、北小金での生活も苦しかった、といっておられた。

　ほどなく師匠一家は北小金を引き揚げられたようだが、私は学校を出るまでずっとこの町に住んでいた。当時、楽しみといえば、道具もろくに揃わない草野球であった。

　戦争で父を亡くし、母の細腕と役場の生活保護で辛うじて生きていたから、貧乏生活では引けを取らないが、その頃のことを話すと、誰とでも貧しさと食べ物のことが共通話題になる。枝太郎師匠とも話題がそこへ行くと、いっぺんに話の波長が合った。

話は前後するが、大学を卒業して就職するなり私は大阪に飛ばされた。想像もしていなかったので、そういうよりほかにいいようがない。母親にも、そして当時婚約中であった妻にも大阪への赴任をひどく嘆かれたが、ようやく試験で受かった職場であったし、大阪が本部でもあったので厭も応もなかった。

その大阪で川柳をやり始め、今につながることになったのだから、縁は異なものといわねばならない。川柳をやらなければ、枝太郎師匠と話をすることもなかった。

ところで、亡くなった師匠は台東区蔵前の龍宝寺、池田家代々の墓に葬られている。墓石の側面には枝太郎と記されている。いうまでもなく、その寺は初代柄井川柳の菩提寺である。柳翁と師匠の墓は、十メートルと離れていない。

柳翁の墓は長年の風雪に曝され傷みが激しかったが、平成元年、二百回忌を機して浄財を集め、大がかりな修復工事が行われた。その龍宝寺では毎年、秋の彼岸の中日に川柳人協会主催で川柳忌句会が催されている。

九月二十三日は柳翁の祥月命日にあたり、追悼句会の日にはぴったりである。自分の先祖の墓は参らなくとも、この日の句会に出る人もいる。ついでながら、神宮館の暦には、平成九年版からこの日を「川柳忌」と記されている。関水華氏(小田原市)が二年ほど前からこのことを要望していたが、昨年ようやく実現を見たと氏から聞いた。これも川柳の地道なPRには違いない。

龍宝寺の追悼句会に出席するとき、私は必ず柳翁と枝太郎師匠のお墓に手を合わす。「月日がたつのは早いなぁ」というあの小噺を思い出しながら。

(平成十年八月三十日)

❖

「川柳ながや句集」第29集
平成12年12月発行

投げ売りのビラ本能が目をさます
ヒンズーの祈りは省きカレー食う
パラサイト踏ん張る足が萎えている
俺よりも落つる男と腕を組み
サスペンスドラマすむまで歯を磨き
いい歳をLOVEのTシャツでもないが

生没年不明と書かすのも癪な

殴られることも馴れれば耐えられる

厠には禅のこころが落ちている

みんないい友だちだったあかんべい

よき酒を夢見てたぎる麹桶

肝心なものがなかなか溜められぬ

過去帳の順番どおり手を合わせ

騙されて以来騙しの手を覚え

あたりさわりないことを書く読後感

煙に巻くときに英語をちらつかせ

本物のライオンは歯を磨かない

リストラの予備軍にして名は参事

おやそこにおられましたか副総理

あすなろのてっぺんからの檄が降る

汚れ役こなしヒロイン脱皮する

つなげれば宇宙も走り出す積み木

弟ができたらおもちゃみなあげる

猫のめし作り夫の分も盛り

コップあるだけのビールを注いで行き

世紀末貘は汚れた夢を食う

凡人の夢に食傷してる貘

ヒーローが打った日踊る大活字
替え歌を唄うと元気湧いてくる
蹴られても踏まれても湧く恋心
疑えば密かに夜叉が乗り移る
貧乏を原風景に湧く野心
鏡台に並べばビンもポーズする
胃を切れば一升ビンも泣いてくれ

瓶は股にワインのコルクまだ抜けぬ

子会社にもう切り詰めるものがない

初老の付き合い

自分では今が初老だと思っている。辞書で引くと、昔は四十歳ぐらいを言っていたが、今は六十歳ぐらい、とある。四十も六十も若くはないが、色気のかけらぐらいはまだ残っているであろうか。

ところで、年をとると動作が鈍くなる上にいろいろな小道具との付き合いが要る。電話に出るにも入れ歯、眼鏡、補聴器をつけると一分は余計にかかるという。

私も初老なりの小道具三つと付き合いがある。

その一つは眼鏡。いつも二つもって歩く。もともとは近視だが、片方には近視のほかに老眼も入っている。検眼のとき私が「遠近両用」というと、女医さんは「複数焦点レンズ」と言い直した。そのほうが正しいのだろうが「複数焦点レンズ」では五七五に収まらない。

二つめは杖。二本もっている。一本は、平成七年に三カ月半入院したあと三越で買った。時代劇映画で観たこともある仕込み杖があればかっこうがいいと思ったが、それはなかった。死ぬまで使うかもしれないと奮発し、乱魚の号も刻んで貰った。店から家まではついて帰ったが、体調が回復してからは一度も使っていない。

もう一本は柄が蛇の頭になっている杖で、外国からの頂きもの。趣味が悪いと言われ、孫にも怖がられているが、玄関に魔除けとしておいてある。

三つめは帽子。髪が薄くなってから愛用し、夏はパナマが気に入っている。あれは阪神大震災の翌年だったから平成八年のこと。『現代川柳ハンドブック』の故奥田白虎氏の項の取材記事のため、尼崎にかよ子夫人を訪ねた。インタビューを終えての帰り際に、夫人は私の帽子を見て「白虎も帽子が好きでした。よろしければ」といって新しいパナマを差し出された。サイズも合うようだったので喜んで頂いてきた。ドイツ製の高価なものである。

翌夏かぶるときにふと裏を見ると、一枚の名刺が目についた。「番傘川柳本社幹事長　奥田白虎」とある。持ち主の目印か、名刺の予備か、白虎氏の意図は知る由もないが、私は名刺を挟んだまま今もかぶっている。

話は変わるが、白虎氏の記事がまとまったとき、報告がてらその原稿をかよ子夫人に送った。すると、夫人から「原稿を仏さまにお供えして報告した」というご返事を頂いた。私はこの「仏さまにお供えして」という言葉が好きだ。奥ゆかしい響きがある。

ほかにもいろいろな方からこの言葉を頂いている。いずれも初老以上の、それも女性からである。

森中惠美子さんには、新書判の句集『水たまり今昔』を作って差し上げたとき、そのお礼状にこの言葉があった。

河北文学賞の選考でご一緒した歌人の馬場あき子さんから、お舅さんが番傘同人だった岩田良信氏で、嫁に来たばかりの頃、良信氏をときどき川柳の句会へ送っていった、と伺った。あとで東京番傘川柳社の句会と分かった。古い柳誌から氏の句を見つけたので、何句か書き送ってあげた。するとそのご返事が「仏さまにお供えして」であった。

朝日新聞川柳欄の元選者であった神田忙人氏には、生前に東葛川柳会で講演をして頂いたことがある。そのときの記録を収録した単行本『川柳 贈る言葉』を夫人にお送りしたときも、この言葉を添えて丁重なお礼状を頂いた。

最近では、平成十一年三月に急逝された(社)全日本川柳協会の山田良行前理事長の亮子夫人、そして平成十二年六月に開かれた全日本川柳東京大会の前日に亡くなられた黒川笠子大会副実行委員長夫人から頂いた手紙に、この言葉が書かれていた。いずれも哀悼の記事を載せた柳誌「ぬかる道」をお送りしたときのことであった。前理事長は川柳の会議で上京された折の「川柳死」で、私も病院に駆けつけたが、既に事切れておられた。

「仏さまにお供えして報告」、いい言葉だが、初老以上の女性が使う言葉なのだろうか。妻がこの言葉を使うときには、恐らく私が仏壇に入っていることであろう。

三百六十六日目には来るテロ忌
それはまるで笛を忘れた蛇使い
そろそろという残酷な日本語
策尽きてシングルベッドへと戻り
ビンばかり並んで髪は生えて来ぬ
不帰点を行って帰った面の皮

❖

「川柳ながや句集」第30集
平成14年12月発行

殺すなら殺せと叫ぶ大赤字

靴履いたままで死んでも死にきれぬ

乾盃をしよう初婚も再婚も

大江戸線改札を丸腰で抜け

根抵当涼しい顔の債権者

カバーには詩集と書いてある春画

喉仏この世の水はうまかった

判決は勝ちと出たらし秘書走る
われとわが身に声掛けて立ち上がり
世直しの旗真っ直ぐに真っ直ぐに
君たちは演歌か僕はクラシック
春の雨恋は小声で告げるべし
人並みの世辞リストラがかかってる
碁を打っている音がする顧問室

退屈をしない程度にボランティア

頑張った日の酒代がはね上がる

政敵の鼻を目がけて生たまご

旅土産食った話に見た話

話すたび土産話がふとりだす

土産だけ頂き返事ノーという

冥土への土産にうまいものを食う

一升を下げて一升を飲んでくる
雑音をとればつまらぬ週刊誌
野次係最前列に席をとり
雑音をかき分け総理誕生す
金づるが切れると誰もいなくなり
正攻法女はあくびばかりする
人間のほうが歪んでいるレンズ

二焦点レンズヒト科は面白い

嫌いかと思えば握手する政治

百本のバラを圧した胡蝶蘭

絵ローソク灯をつけるのが惜しくなり

店の名をこっそり告げて先に消え

囁きに男はノーといいにくい

つけの利く店を四五軒知っている

廻れ右こんな男に用はない
廻れ右できぬ介護が待っている
廻れ右ひとりあさって向いている
戦争をいくつも知っている長寿
日本語のほかには喋らない長寿
テレビ見るのに通訳がいる長寿
長生きをしてお天気をよく当てる

東京の夜少年が堕落する

嘘つきにする真っ暗な夜が来る

英語見るたびに鳥肌立ってくる

大阪の訛りが少しある英語

マニュアルの英語にいじめられている

ワンテンポ遅れて笑う英語劇

ビル街を行く野良犬は淋しそう

ビルの街描く曲線に用はない
日曜のビル街に食うものがない
ビル街の死角が好きなテロリスト
男かと救命ボート向きを変え
ティースプーンゆっくり溶かす角砂糖
高級な紅茶だ鼻の先で飲む
親戚も配り初版がやっとはけ

肖像の初代立派なひげをもち

生け獲りを狙う迷彩服をつけ

同類と見られる酒の座をはずし

富士見台富士はどこにも見当たらぬ

物言えば損とばかりに蟹せせる

勝負師に数は奇数と偶数と

息の根が止まってからの融資枠

エンジニア上がり定規を当てたがり

我慢している間に降りる駅に着き

耐えがたきを耐えた話も遠くなり

二次予選からは不敵な面構え

エリートはエリート同士棒グラフ

精鋭をすぐり飲み放題へ来る

現地解散と幹事が手抜きする

起きて来た順にわびしい飯にする

裏金をもらう白手袋をはめ

ステッキを持つと帽子が欲しくなり

一番に来て端っこの席を占め

三角は解けずにきびをつぶしてる

塩砂糖酒もバターも減らされる

おでん屋でひとつ崩した四面楚歌

ヘリコプターという手があった四面楚歌

句集のお礼

いろいろのご縁で句集や自分史の寄贈を頂く機会が少なくない。そのときのお礼をどうするかには頭を悩ますことがときどきあった。礼を失してはいけないし、かといって感想文やご祝儀を送ることも毎々はしにくい。

ところが今回、自分のユーモア川柳句集を出してみて、寄贈本に対する対応の仕方を学ばせて頂いた。まず貰いっぱなしで何も返事しない、という方法がある。マスコミは大部分これで、図書館は受領のハガキを下さるところもある。

寄贈本をたくさん貰う有名人はよほどのことがなければ返事はしない。礼状どころか処分に困るという人もあろう。

第二は、川柳仲間に多いが、とりあえず礼状は出す。たいていは「あとでじっくり読ませて頂く」とある。私の今回の新書判の句集なぞ「じっくり」読む本ではないが、とりあえずはそう書く。

第三は、会を主宰している方に多いが、柳誌の新刊書欄に紹介記事を書く。分量は数行から一、二頁に及ぶものもある。購入申込み先や代表句一、二句を書いてあるのは丁寧なほうに入る。

第四は、ベテラン作家で真面目な人。封書で感想を書き送る。出版の意義から始まり、作品の位置づけ、好きな作品十句程度、造本に対する評価、売れ行きの見通しまで述べて頂き、著者のほうが恐れ入ってしまう。

第五は、以前出された自著をお返しに送ってこられる人。前に購入していてダブってしまうこともある。

第六は、よい句集なので皆に勧めたいから振替用紙とともに何冊送って欲しいという人。これは何万の味方にも匹敵する。ついつい値引きをしてしまう。

第七は、お祝いの品を送ってこられる人。乾盃をしてください、と銘酒を頂くことがある。クール便で肴まで送ってこられる行き届いた例もある。

第八は、お祝い金を送られる人。金額は本代プラス送料、きりのよい数字に丸めた額、大枚を祝儀袋に包み現金書留で送ってこられる方といろいろある。中にはもう一冊に句を書いて送って欲しいと、律儀に本代と切手をきっちり送ってこられる方もいる。

とにかくお礼も十人十色、私自身はどのケースでお礼をしたらよいか、とてもよい勉強になった。

ところで今回、私の句集に対する反響で印象的だったのは、人づてに頂いたあるホームレス詩人からのお礼であった。

次の三句に氏がしびれたということで、仲間と出している会報に載せたという手紙だった。その句は「妻を競った男も生きているらしい」「広報紙きれいな焼き場できました」「耐え忍ぶ位置に膀胱ついている」というリアルな句だった。

もう一つは、句集を点字訳して障害者の方に読んで貰うという申し出であった。もちろんおまかせしたが、文字すべてを音に訳し、正確に意味を伝える仕事は大変でもあり尊い仕事である。いい加減な句は載せられないと心に言い聞かせた。

第三章

老いるとは

「川柳ながや句集」第31集
平成16年12月発行

❖

寝てる間に寝ずに癌細胞ふとる
手術から逆算をして金おろす
採血採尿涙は誰も採りに来ぬ
命預け候手術承諾書
曲がるだけ曲げた背骨へ麻酔針
麻酔から醒めてまぶしいチアガール

禁食解けずずずずんと胃に伝う
生き残り賭ける重湯の薄濁り
胃なき故すまぬすまぬと食べ残す
存在感薄く病院から還る
雄弁に聞かせ中身は何もなし
粉雪が逢いたいという音で鳴り
ガスもれはどこ吹く風の鈍い鼻

ガス灯の街にルパンが出て来そう
ガス管をくわえたなどと尾鰭つけ
元アナと伝え聞いてる鼻濁音
サインしたあともう一度握手する
墓石はあとでもよいと墓地を買い
その内にまともな音を出すラッパ
くちづけのあとには覗くコンパクト

男一人ときに一匹とも数え

書き上げて口笛を吹く原稿紙

もの書きとしてこだわりを持つマス目

大吟醸冷やと聞くなりゆるむ頬

寒ゆるむ頃には猫がやかましい

気が遠くなる終点のない宇宙

損のない方へうっかり間違える

余人には代えられないと持ち上げる
悪友の真似が一番面白い
芸盗む顔が舞台の袖に詰め
最高の趣味残高をそっと見る
ゆとりだなエビスビールが積んである
人は人わたしはシャドーボクシング
傘置いてくればポツリと雨当たる

金のないふりをするにもいる演技
文なしと分かればぷいと横を向き
結論は玉虫色にする手打ち

即吟の起源

999(スリーナイン)番傘川柳会では、三か所での月例会はもとより年一回の大会でも三分間吟を二題出している。

三分間吟自体はこの会の専売特許ではない。昔からいろいろな会で行われたことがあるし、酒席の余興としても行われていた。しかし素面の句会で定例的に行われていた例はない。私は、参加者全員が言葉も発せず作句に集中する緊張感がたまらなく好きなのである。七年前に始めたときには反対意見もなくはなかったが、最近は殆ど聞いていない。

即吟といえば、江戸時代の矢数俳諧がすぐ頭に浮かぶ。中でも井原西鶴の「独吟一日千句」や大矢数の一日二万三五〇〇句は、十七世紀の即吟中の即吟として語り草になっている。一句当たりの作句時間は四秒足らずである。

当時盛んであった、俳諧の連歌の一句当たりの作句時間は恐らく七分ぐらいではなかったか、と私は推測している。

即吟の歴史を遡ると、平安時代の朝廷行事に「曲水の宴」がある。三月三日の桃の節句に朝臣たちが曲水（庭園・樹林を曲がり流れる水）に臨んで、上流から流される杯が自分の前を過ぎないうちに、詩歌を詠んで杯をとり上げ酒を飲む。終わってから別座敷で宴を催して、披講を行ったという。

さらに遡ると、発祥は中国、晋の時代に詩人で書の手本とされている王義之が、永和九年（西暦三五三年）三月三日に文人たちを集めて「曲水宴」を催した、と角川の漢和中辞典には記されている。

昔は酒席の遊びとして即吟が行われていたのであるから、今も余興として行われることに別に反対はない。

しかし、今われわれが行っている三分間吟は少し違うのである。

三分間はキッチンタイマーを使って厳密に定め、作句数は無制限とする。選者は投句の中から秀句を選び、披講をする。そして大事なことは、これをすべて記録していることである。記録は毎回インターネットのホームページに公開されている。翌月の例会には、他の互選や課題吟の結果とともに印刷して配布される。

昔は手軽に利用できる時計もなかったし、記録して配布するようなこともなかったから、今となって即吟の作品、作者名を調べることもむずかしいが、９９９番傘川柳会の記録を見ようと思えば、一、二分間もあれば誰にでも検索可能である。

即吟の中には、三分間でこんなにいい句を作られたのではかなわない、というような秀句もある。

私は、平成十七年秋の９９９創立七周年大会に、即吟秀句集（三分間で詠んだ―ユーモア川柳乱魚選集）を出版しようと提案している。恐らく俳句、川柳を通じて初めての試みとなろう。句集のタイトルは『時ハ金ナリ』がいいかも知れない、と楽しんでいる次第である。

「川柳ながや句集」第32集
平成18年12月発行

❖

我が道は我が胸にあり職を辞す
取りためたビデオ人生とは虚ろ
新聞三紙汚れ果てたる世をめぐる
稼ぐか使うか五十余年を勤め上げ
悪友は世を去り途中下車もせず
校歌うたう無理のきかない肩を組み

口笛は隔月に吹く年金日
ケータイとクルマに財布ノーと言う
殺されぬように子供は躾ねば
焼却炉聳え頷く我が骸
長男として叱られ役になり
村八分タバコを吸っただけである
美しいだけで陰口叩かれる

熊のほうでも人里とは気がつかず

カンニングさせた方にも罪があり

いざという時の輸血を買って出る

ひたすらに牛丼を待つ胃の余白

良心の足を引っぱるけちん坊

宇宙の話にふむふむと聞いている

男にはある停電というチャンス

遺留分だけでも親はありがたい
閑職を選び伸ばしている命
握手した手がポケットにあるぬくみ
家計簿をはみ出す妻の助け舟
年金というリリーフが痩せている
アタックにピエロは軽い節をつけ
ジーパンの穴が跨いでいく秩序

恩は恩頂くものは頂いて

四面楚歌知らずに吠えている気勢

足二本靴は十足持っている

枠をはずすと凡人が迷い出す

ぬるま湯で常套語から抜け出せぬ

人間の枠で仕事も恋もする

愛憎の雨といっては酒にする

淋しがりのワンマンなんて怖くない

財源と福祉議論は果てしない

引き馴れた辞書には勝てぬ電子辞書

見覚えの顔が新党からも立ち

耳馴れぬ六価クロムという毒素

台湾初の川柳句集

平成十八年八月、私は『酔牛』という題の川柳句集を出した。著者の姓は李、名は琩璋、字は琢玉、号が酔牛である。琢玉氏は台湾川柳会の第二代会長である。

台湾初の川柳句集を出すのだ、と私に序文を求めてこられたのは昨年春であった。その時既に彼は体内を癌に冒されていた。私が長い序文を書き送ってからふた月後の八月二十六日、琢玉氏は八十歳で天に召された。

句集出版の話がどうなったかが気にかかっていたが、ご遺族は日本語があまりお得意でなく、台湾川柳会も出版のゆとりがないと伝え聞いた。

私が琢玉氏にお目にかかったのは十一年前の平成七年、仕事で台湾を訪問したときのただ一回であったが、以来、事務局長を務めておられた彼から、句会報を毎月欠かさずに送って頂いていた。

彼は最後の日本語世代に当たるが、日本語の読み書きは今の平均的な日本人よりもよほど達者であり、相当の博識でもあった。その句風はいわゆる日本の伝統句であり、日常茶飯あり、ユーモアあり、時事句ありである。

台湾が日本の統治下にあった六十年前、彼は軍役にもついていたが、日本に対しては批判だけでなくほのかな郷愁を抱いておられたことが句から分かる。自称「懐日家」がぴったりする。一方で、弾圧した本省人や中国に対しては厳しい見方を崩していない。それが左の句にもよく現れている。

ひも解けば傷痕だらけ青春史
半生を戒厳という綱渡り
白百合をボトルに生けて二二八忌
強かったニッポン　埒もないニホン
エノケンの悲しげな顔思い出し

私は天国の彼のために句集を出してあげようと決意した。そして一周忌を前に、琢玉氏夫婦の写真や台湾の風景写真も入れた句集を完成し、台湾に送ることができた。

句集の制作段階で、琢玉氏の畏友・蔡焜燦氏は大変喜ばれて三〇〇冊も購入し、日台関係者に配布して頂いた。もっとも表紙には彼の要望も述べられた。『酔牛』の文字は乱魚が筆で書くべきこと、このため私は苦手な書を一日練習して書いた。

その左横にやや小さく「乱魚敬題」と書き落款を押すこと、「敬題」は謹んで書いた、という意味であることを後から知ったが、ともかく言われるままを書いた。

句集の章立ては、琢玉氏が考えていた通り「おのれ」「この国」「嘗ての国」「世相」の四章とした。序には蔡焜燦氏と私、跋文は現台湾川柳会長の頼柏紘氏、人類学者の黄智慧先生、写真家の村田倫也氏、選句や入力をお手伝い頂いた山本由宇呆氏の文を載せた。

この句集は私の私費出版であるし、そんなに売れるものでもないことは承知の上であったが、一歩踏み出してみると、そこには新しい世界や人間関係が広がった。やはり行動に移してよかった。

産経紙の書評でもとり上げて貰ったし、植民地教育史を専攻する学者からは、台湾文化史研究への切り口になるとの反響も頂いている。

「川柳ながや句集」第32集番外別冊
平成19年12月発行
ながや60周年記念句集

❖

筋肉のほかにのぞかすものはない
父戦死あとは長生きする家系
札入れに諭吉の視線凛とあり
人心一新手品の鳩に笑われる
人一人危める遊ぶ金欲しさ

何事もなく月蝕のあとの月

❖

珍客に見せる自家製カブト虫

嘘つきは他人の嘘を見抜けない

反抗の白髪一本憎々し

百花園妻にたとえる花はない

正論に傷つくと立ち直れない

「川柳ながや句集」第33集
平成20年12月発行

お奨めの銘柄で損させられる
無機質なデータを役所並べたて
屁理屈を言わぬペットに声を掛け
目印はゴミ焼却炉略図書く
第二体操を覚えている余生
子におろす金なら惜しくない預金
偏差値を睨んでは積む教育費

愛し合った月日はだてに積んでない

妻の采配にて並の寿司が出る

号令をかけて集まるのは小銭

葬式がないとしきり屋淋しがり

かつらつけていると強気なことを言う

にんにくを食べて来た日は譲らない

根回しが済んで真っ赤な怪気炎

人間の見本が笑うトンパ文字
振替の番号老いには長過ぎる
留任の顔に緊張感がない
バーコードスーダラ節は縁がない
水道は出しっ放しの魚市場
ドルもってドルに群がる紳士たち
がつがつと稼いで年を隠さない

ニンジンを見ると駆け出す性を持ち

カンニングされていっしょに叱られる

あとは死ぬだけ遺言も墓もある

成長を誇る北京の人いきれ

バトン持つ心は先に走ってる

いいときに来たと抜かれる親知らず

あくびしたついでに千の風歌う

大吟醸開ける空気を読んでいる
年俸を決めるデータは譲れない
力むたび下着の裂ける音がする
お返しがすむまで借りを胸にため
強い強いと坊やは我慢させられる
強いねと思わせたのはみな女
強いねと何度でも言う褒め殺し

しみじみと見てはならない妻のしわ

子の寝顔見て生きるとは愛すとは

振り返るたびに短くなる余生

川柳ブログ

不特定多数の人がパソコン通信の画面を読んだり、それに対して意見や感想を述べ合うことは既に珍しいことではなくなった。

ブログというものはそういうことが誰にでも簡単にできる仕組みである。平成十八年十月から新葉館出版の依頼によって同社の「川柳ブログ」という画面にブログを書き始めた。画面を開くと執筆者の顔が並んでいる。現在、乱魚、新家完司、太田紀伊子、斎藤大雄、やすみりえ、二宮茂男の六人である。

執筆者は自分の手元のパソコンで日記や意見をインターネットで送信すれば、主催者の新葉館のホームページに書き込まれる。内容は、虚偽のことやワイセツなことなど公序良俗に反するものでなければ原則自由である。写真やイラストも、電子化されていれば載せることができる。

右の六人のうち、斎藤大雄氏が平成二十年六月二十九日に胃がんで亡くなられた。氏の最後の日記は、四月十三日のものであった。骨子をご紹介する。

「やっと自分の時間を作ることができた。『大雄川柳人生史』にとりかかることができた。超大作になる覚悟で書き進めている。すべてが実名なので川柳裏面史になるかも知れない。」

文面で見ると、氏は意欲満々である。その後、氏とは五月二十九日の東京での日川協常務理事会でお目にかかった。終わってささやかな乾盃もした。そしてそれが最後となった。

八月十日前後のブログを見ると、完司氏は北京オリンピック開幕の印象を、紀伊子氏はつくばね番傘川柳会例会の写真と五輪での北島康介選手の活躍を、茂男氏は柔道選手の金メダルについて書いている。りえさんは着物姿もみずみずしく、夏休み子供川柳教室を紹介している。みな思い思いに身辺のことがらを書いているのが、ブログのよいところである。

私は今、二十カ月分のブログを整理して『癌を睨んで—ユーモア川柳乱魚ブログ　西へ東へ会長の630日』という句文集を準備している。この期間には、私のサラリーマン人生五十三年の最後の六カ月と、退職後の川柳専念人生の最初の十四カ月が含まれている。いわばセカンドライフへの切り替え時期に当たるブログ記録ということができる。

「川柳ながや句集」第34集
平成22年12月発行

❖

近所中敵に回して蛇を飼い

味の旅耳学問を振り回し

エビ天の尻尾にエビの自負がある

書きかけのノートをためて老い進む

胃も腸もあるうち酒の宗旨替え

太陽を拝んで金を溜めはじめ

つまずいた同士歩幅を競わない

手刀で頂くものに縁がない

長生きをせよと眉毛が伸びてくる

急行が止まらぬ駅で酒を買い

人生は短しなどと食い荒らす

本当の食い気はあまりしゃべらない

現ナマに勝るご利益など知らぬ

ダメモトと口説く眼に書いてある
顔よりもワイドなマスク流行り風邪
恐竜の尻尾も写るハイビジョン
憎からず漏らし始めた胸の奥
母だけが息子の無実疑わず
足腰とともに憧れ痩せ細り
精のつく薬こっそり飲んでいる

囲まれてタレントらしくなってくる

父と母囲んで話遡る

笑わせてカメラの輪から逃げてくる

ばらばらのようで気の合う飲み仲間

固まらぬように女の席を分け

あとがき

「川柳ながや」という横長の句集があります。店子（会員）は二十四名。隔年発行で顔写真とその年の代表句十句を前に、会員のエッセイを句の下に掲載してあるのが特徴です。一題につき十句以内の出句が五題、十秀五客三才のみが入選句集に掲載される厳選です。中でも乱魚氏の入選率の高さは群を抜いていて、平均して一題に平均二八〇句ほど集まる中で、入選枠十八句の中に五、六句の入選もしばしばみられます。

大相撲同様に女人禁制だった「東都川柳長屋連」に平成十七年睦月の寄合いから女性入居が許され、三分の一を女性が占めました。私もその恩恵に浴し女性第一号入居となりました。その時も「…会は一気に華やかになった。句の入選でもたぶん女性上位になるだろうが、私は女人禁制を解いたのは、女性自身の実力であったのではと思っている」と乱魚氏ならではの温かいエールを頂きました。

「川柳つくばね」に連載して頂いた「妻よ—ユーモア川柳乱魚句文集」が一冊になった時、

「この次に纏めたいものはどんな本ですか」とお尋ねしたら「ながやに書いたエッセーは面白いよ」と仰ったことがありました。

四半世紀にわたり川柳でお世話になったご恩返しの思いと、「ながや」は店子の注文制の発行のため、全国の川柳愛好者の目に充分行き届いてないと思い、このユーモアあふれる楽しいエッセイと句を皆様に読んで頂きたく、二十年分から抜粋しました。数ある乱魚氏の句集出版の折に、句の収集をほとんどお手伝いしてきましたが、先生の句はパソコンで入力して変換するとすっと一句になります。校正にも優しいのは、助詞も送り仮名もしっかりしているからなのでしょう。

ご序文は大野風柳氏、田中八洲志氏、大木俊秀氏に快くご執筆頂きました。句は「川柳つくばね」編集長の宮嵜勇造氏に丁寧に拾って頂き、新葉館の竹田麻衣子さんにお世話になりました。これも今川乱魚氏のご人徳と感謝して、三回忌のご霊前に捧げたいと思います。

平成二十四年三月二十三日

つくばね番傘川柳会会長

太田紀伊子

【編者略歴】
太田紀伊子　（おおた・きいこ）

1938年生まれ。1982年、いわき番傘川柳会・加藤香風師に師事。1987年、今川乱魚を講師（後に顧問）に川柳講座を発足、「つくばね川柳会」として創立会長に就任し2006年より「つくばね番傘川柳会」と改称して現任。2001年、同会発祥の地・龍ヶ崎市内に合同句碑を建立。茨城県川柳協会副会長、（社）全日本川柳協会常任幹事、東都川柳長屋連店子、つくばね姉妹会として活動する10社ほどの川柳講座講師として多忙な日々を送る。編著書に「川柳句文集　風と組む」「川柳作家全集　太田紀伊子」「つくばね川柳会合同句集　励まし発信」等。

ユーモア川柳乱魚セレクション

○

平成24年　4月15日初版

編　者

太　田　　紀伊子

発行人

松　岡　　恭　子

発行所

新　葉　館　出　版

大阪市東成区玉津1丁目9-16 4F　〒537-0023
TEL06-4259-3777　FAX06-4259-3888
http://shinyokan.ne.jp

印刷所

BAKU WORKS

○

定価はカバーに表示してあります。

ISBN978-4-86044-458-7